KB061288

미생
+ 드라마 포토 에세이

미생

+ 드라마 포토 에세이

연출 김원석
극본 정윤정
원작 윤태호

위즈덤하우스

직장인들은 매일 전쟁터로 출근한다. 겉으로 보기에 조용하기 이를 데 없는 사무실에서도 조금만 가까이 다가가면 컴퓨터를 통해, 혹은 전화기를 통해 얼굴 모를 상대방과 사투를 벌이는 모습을 쉽게 발견할 수 있을 것이다.

과장되게 전화기를 통해 고함을 치지 않더라도, 바쁘게 서류뭉치를 들고 왔다 갔다 하지 않더라도, 속사포같이 두드려지는 키보드 소리를 통해, 조근조근 말하는 목소리를 통해 치열한 심리전이 진행되고 있음을 알 수 있다. 그것은 마치 정적 속에서 오직 바둑판을 사이에 두고 벌이는 바둑 기사들의 치열한 '수 싸움'과도 같을 것이다.

〈미생〉은 '바둑'만이 인생의 모든 것이었던 주인공이 프로 입단에 실패한
후 냉혹한 현실에 던져지면서 벌어지는 이야기다. 주인공은 바둑을 잊고
싶어 하지만 결국 자신에게 닥친 문제를 해결해나갈 수 있는 열쇠는 역설
적이게도 바둑으로부터 얻은 통찰이다.

"그래봤자 세상에 아무 영향 없는 바둑.
 그래도 나에겐 전부인 바둑….."

교통사고를 당하고도 휠체어에 탄 채 대국했던 조치훈 9단의 이 말처럼,
남들이 보기에는 사소하고 작은 일일지라도 자신의 일에 최선을 다하는,
'정치'가 아니라 '일'로 평가받으려고 애쓰는 이 땅의 모든 건강한 직장인
들을 위한 송가가 되고자 한다.

/ 차례 /

나의 무엇, 내게 남은 단 하나의 무엇. 내가 가장 잘할 수 있는 무엇.
"전 지금까지 제 노력을 쓰지 않았으니까, 제 노력은 쌔빠진 신상입니다!
열심히 하겠습니다. 무조건 열심히, 하겠습니다!"

#1

캐릭터
소개

장 그 래 _ 임 시 완

우리는 '미생'이기에 '완성'을
꿈꿉니다.
그러나, 어쩌면 '완성'이란 건
존재조차 하지 않은지도 모릅니다.
그저 '완성'에 가까워질 뿐.
'완성'에 가까워지기 위해... 화이팅

임시완

"죽을 만큼 열심히 하면, 나도 가능한 겁니까…?"

나이	26세
소속	영업 3팀
한 줄 소개	'갑'의 세계에 들어간 이방인 '을'

기본 사항

적당한 키에 마른 몸매, 여자처럼 하얗고 선 고운 얼굴, 반듯한 이마, 조금 길고 예쁜 눈과 날렵한 코, 가늘고 흰 손가락, 유일하게 남성다움을 보여주는 목울대. 45도 각도에서 살짝 떨어뜨린 시선에, 느리면서 조금 낮고 침착한, 어떤 일에도 흔들릴 것 같지 않은 목소리를 가졌다. 진중하고 신중한 언변에 적은 말수, 그러나 종결어미까지 정확히 끝내는 발음에서 신뢰가 느껴진다.

특이 사항

한때는 바둑 영재, 지금은 고졸 낙하산. 다양한 스펙에 외국어 네댓 개쯤은 필수인 사람들만 모인 종합상사에 뚝 떨어진, 이력서 새하얀 미운 오리 새끼다.

일곱 살에 바둑을 만나 열 살에 한국기원 연구생으로 입문한 후 연구생 자격이 끝나는 열여덟 살 때까지, 오로지 프로 입단을 위해 십 대를 고스란히 바둑에 바쳤다. 하지만 최종 입단 실패와 함께 맨땅에 벌거숭이로 내던져졌다. 아버지는 병으로 세상을 떠났고, 집 판 돈으로 어머니와 겨우 시작한 식당은 8개월 만에 쫄딱 망했다. 고졸 검정고시 출신, 군 미필자에 제대로 된 직장은 불가능했다. 닥치는 대로 아르바이트를 전전하다가 스물두 살에 바둑 후견인이었던 분의 도움으로 그의 회사에 취직했지만, '바둑을 두었던 아이'에 대한 호기심이 불신으로 이어지자 1년 만에 회사를 그만두고 결국 군대로 도피했다.

제대 후 세상은 더 화려해진 스펙 특기자들로 번쩍거렸고 그애의 하루는 날로 더 깜깜해져갔다. 그러던 어느 날 기적 같은 기회가 왔다. 대기업 종합상사 "원 인터내셔널"에 인턴 사원으로 입사하라는 제안. 스펙 전무, 고졸 검정고시 낙하산 장그래는 승률 제로의 전쟁에서 살아남을 수 있을까?

오 상 식 _ 이 성 민

미생 여러분
항상 건강 하세요 ^^   오상식

미생 "오상식"

"장고 끝에 악수 둔댔다. 감 왔으면 가는 거야!"

나이	43세
소속	영업 3팀 과장
한 줄 소개	승부사적 기질의 워커홀릭

기본 사항

구겨진 와이셔츠, 피곤에 전 피부, 흐트러진 머리카락과 듬성듬성 난 턱수염, 위궤양 · 식도염 · 지방간 3종 세트는 늘 달고 다니는 이 땅의 보편타당(?)한 중년 직장인 아저씨. 회사에서는 이 책상 저 책상 날아다니고 집에서는 아들 셋 끼고 소파에 널브러지는 평범한 40대 가장의 모습을 대변한다. 노련한 통찰력과 승부사 기질은 타의 추종을 불허하지만 김동식 대리와 펼치는 '웃픈' 쿵짝 콤비 플레이는 가끔 '덤 앤 더머' 수준이다. 본인의 뜻과 전혀 상관없이 장그래의 멘토로 자리매김된다.

특이 사항

원 인터내셔널 영업 3팀의 과장, 향후 차장 승진. 통찰력과 승부사적 기질을 가진 지독한 워커홀릭. 주도적으로 일을 하며 즐기는 집요한 완벽주의자이자 뼛속까지 상사맨이다. 어쩌면 일하다 죽는 게 꿈이자 소망일지도 모를 사람.

부하를 챙기고 이끄는 리더십이 탁월하다. 막무가내로 밀어붙이는 듯 보이지만 노련하고 효율적이며 합리적이다. 집요하지만 융통성도 있고 이성적인 사고를 하지만 놀랄 만큼 직관적이기도 하다. 크게 빛 볼 일 없는 자투리 업무가 태반인 영업 3팀의 수장이지만 그의 손에 걸려드는 일은 확실히 '되도록' 만든다.

회사 권력 라인에는 전혀 관심이 없는 그는 회사의 실세인 전무와 대적하는 것도 마다 않는다. 모종의 사건으로 깊어진 전무와의 갈등이 여전한 긴장감으로 이어지고 있지만 그가 관심 있는 건 오직 하나, 일뿐이다.

김동식 _ 김대명

인생은 성공과 실패가 아니라
어쩌면 다가오는 운을 언젠가에
삶아가는것 같아요.
매순간 행복하시길
항상 기도할께요.

김대리 였던 김대명이

김대명 입니다.

우리 아정 인생

2015. 3

"전 오 과장님만 보고 갑니다."

나이	32세
소속	영업 3팀 대리
한 줄 소개	의리와 뚝심의 2년 차 대리

기본 사항

32년 모태솔로, 선수들만 가득한 세상에서 순수로 똘똘 뭉친 남자. 일 처리에 있어서는 완벽한 프로인 2년 차 대리. 영업 3팀의 살림꾼이다. 특유의 우직함과 확실한 위계질서로 무장한 그는 장그래의 선임이자 오 차장의 둘도 없는 짝꿍이다.

원 인터내셔널 최고의 악질 선임을 만나 퇴사를 고민하던 신입 시절, 운명처럼 만난 오 과장을 평생 따르기로 한 의리의 사나이. 지방 국립대 출신이지만 각종 동아리 활동과 공모전 입상 실적으로 원 인터내셔널에 입사한 실력파이기도 하다.

특이 사항

김 대리에게 가장 어려운 것은 계절도 밤낮도 없이 밀려드는 업무도, 2년이 지나면 바람처럼 사라져버릴 후임 장그래도 아니었다. 주말이면, 연휴만 되면 쉬지 않고 봐야 하는 '선'이었다. 분명 숙맥이라는 소리는 안 듣고 다녔는데 왜 내가 좋아하는 여자는 나를 좋아하지 않는가?

그의 소원은 능력이 있음에도 다른 부서의 무시나 받으며 빛 안 나는 일에만 매달리는 오 과장님이 어서 빨리 승진하는 것이다. 그리고 또 하나의 소원이 있다면, 이기적이지 않다는 이유로 더 이상 맞선 자리에서 퇴짜 맞지 않는 것.

천관웅 _ 박해준

또 하루가 지나갑니다.
늘 같은 일상인 것 같지만
오늘 하루가 의미 없었던 건 아닙니다.
미생을 사랑해주신 여러분
감사합니다 !!!

"날 의심하면 의심한 대로 할 거니까, 딴생각 하지 마."

나이	37세
소속	영업 3팀 과장
한 줄 소개	지지 기반 약한 불안한 경력직의 비애

기본 사항

　자원 1팀에서 영업 3팀으로 발령. 능력도 OK, 아부는 센스 있게. 계산이 빠르고 사내 권력 라인을 타기 위해 노력한다. 경력직으로 입사했기 때문에 지지 기반이 약하다. 그 때문에 사내 정치에도 민감하고 술 접대를 도맡다시피 한다. 그래서 고질 위장병으로 고생하지만 집에 와서 맥주 한 캔을 더 마셔야만 잠에 드는, 쓸쓸한 직장인의 비애를 안은 남자.

특이 사항

　잘나가는 자원 1팀에서 '가서 열심히 일해' 한마디와 함께 영업 3팀으로 보내졌다. 전무의 라인을 탔다고 생각했던 천 과장에게 영업 3팀으로의 발령은 충격 그 자체. 주변 사람들 역시 좌천이다. 몸조심 하라 들쑤시는 통에 심란하기만 하다.
　과거 전우라고 할 수 있을 정도로 끈끈한 동료애를 나눴던 오상식, 김동식과 다시 일을 하며 서서히 가까워지지만 도무지 전무의 의중을 알 수가 없는 천 과장의 머리는 하루하루 복잡하고 마음은 살얼음판을 걷는 듯 불안하기만 하다.

안 영 이 _ 강 소 라

드라마 〈미생〉을 사랑해주셔서 진심으로 감사드립니다.
많은 분들이 공감하고 웃고 울며 〈미생〉을 봐주신 만큼
저 역시 촬영하는 동안 안영이예, 그리고 〈미생〉에
폭 빠져서 임했었는데요. 아직도 그때의 즐겁고
벅찬 느낌이 남아 있는 것 같습니다.
세상의 모든 미생들에게 힘찬 응원의 말씀
남기고 싶습니다! 파이팅!
항상 건강하시고, 행복하세요!

- 092 -

"밟아보세요 선배님. 그래봤자 발만 아프실 거예요."

나이	26세
소속	자원 2팀 신입 사원
한 줄 소개	지질한 남자의 세계에 들어간 잘난 여자

기본 사항

장그래의 유일한 여자 동기. 잘나도 너무 잘난 여자. 한마디로 넘사벽! 얼핏 거북이처럼 딱딱하고 차가워 보이지만, 실은 당당하면서도 건방지지 않고 무심하지만 사려 깊다. 불의를 못 참는 성격 탓에 무모한 정의감을 불태우기도 하지만 치마 길이, 단추 하나 여미는 것도 고민하는 여성스러운 모습도 가졌다. 어려서는 딸이라 무시당하고, 인정받기 위해 사내아이처럼 짧은 커트 머리를 고수하고 내내 일등만 도맡아 했지만, 한 번도 돌아봐주지 않은 아버지에 대한 상처가 마음속에 켜켜이 쌓여 있다.

특이 사항

영이를 열린 지갑쯤으로 아는 아버지 덕에 찬란한 청춘의 전반전을 아버지 빚을 갚는 데 허덕이며 보냈다. 그 와중에 깊은 상처를 안고 잠시 인생을 포기하려 했지만 다시 청춘의 후반전은 제대로 뛰어볼 생각에 운동화 끈을 바짝 조여 맨다. 아버지도, 집안도, 과거도 모두 잊고 '이제는 나를 위해 살겠다'고 마음을 먹고 원 인터내셔널에 인턴으로 지원, 수석 합격한다.

인턴 기간 중에는 합격 0순위로 꼽힌 에이스였고, 입사 후 자원 2팀으로 발령받으면서 엘리트 코스로 꽃길을 예약한 듯 보였지만 또 다른 복병을 만난다. 신입임에도 즉시 업무에 투입 가능한, 겉으로 보기에는 모든 걸 다가진 듯 보이는 영이의 능력이 그만 남자들의 어느 부분을 건드린 것이다. 배운 남자들로서는 절대 꺼내지 말아야 할, 교육의 힘으로 다스려왔던 그것, '잘난 남자들의 지질함.' 흠이 없는 게 흠이 된 바로 그때부터, 영이를 향한 지질(?)하지만 '잘난' 남자들의 역차별이 시작된다!

장백기 _ 강하늘

미생을 봐주신 여러분 덕에 좋은 작품을
세상의 많은 분들께 전할 수 있는 기회를 가졌습니다.
이렇게 행복하게 작업하고 행복한 결과를 받아서
정말 행복합니다. 저 또한 미생으로서 웃는 얼굴로
하늘을 올려다보려고 노력하겠습니다.
우리 작은 힘으로나마 항상 힘내면 좋겠습니다!!!

"장그래 씨는 내가 믿고 살아온 정의가 아닙니다."

나이	26세
소속	철강팀 신입 사원
한 줄 소개	칭찬 없는 세상에 들어간 모범생

기본 사항

소프트웨어부터 외장까지 잘생겼다. 스카이 학벌, 토익 만점에 HSK 9급, 어학연수 2년과 워킹홀리데이 1년으로 다져진 수준급 영어 실력, 각종 공모전 수상, 대기업 대외 활동만 4차례. 동아리 회장을 비롯, 대학 시절 벤처 사업 경험까지. 이력서의 마지막 한 칸까지 빈틈없이 채울 수 있는 완벽한 스펙과 엘리트의 아우라 탑재. 호감 가는 외모와 세련된 옷차림, 깔끔한 매너 그리고 한없이 부드러운 미소까지 갖춘 준비된 신입 사원.

특이 사항

태어나서 늘 칭찬만 받았던 모범생 장백기의 화려한 날은 딱 인턴 때까지였다. 입사 후 부서 배치를 받은 첫날부터 상황은 완전히 달라졌다. 뭘 해도 칭찬받던 그가 칭찬 없는 세계에 떨어졌다. 게다가 일 근처에도 못가고 배추 숨 죽이기를 당하며 자존심을 땅에 처박고 있는 동안, 고졸 낙하산 장그래는 '일'이라는 걸 척척 해나가고 있는 게 아닌가!

이곳까지 오기 위해 기나긴 준비 기간 동안 틀어박혀 죽도록 공부하며 이 악물고 포기한 것들이 얼마나 많았던가. 그런데 그 노력과 인고의 시간을 거쳐 입사한 장백기나 노력을 하고도 취업에 실패한 수많은 취업 고시생을 엿 먹이며, 어떤 노력도 하지 않은 저 고졸 낙하산이 원 인터내셔널에서 일을 하고 있다. 이것은 정의가 아니다.

장그래! 내가 널 인정하지 않는 건 내 탓이 아니라 세상의 정의다. 그래? 안 그래? 장그래?

한석율 _ 변요한

미생은 오래 기억하고 싶고,
그립고 또 만나고 싶은
첫사랑 같은 작품입니다.

"회사가 좋아요, 일도 좋습니다. 물론 여자도 좋구요."

나이	27세
소속	섬유 1팀 신입 사원
한 줄 소개	현실 세계에 들어온 이상주의자

기본 사항

　자칭 패셔니스타. 장그래 절친(이 되고픈). 여자에 대한 무한한 관심조차도 업무의 연장이라 생각하는 자신감 그리고 어떤 상황에도 굴하지 않는 뻔뻔함을 가졌다. 기면 기고 아니면 아닌, 이분법적 논리만이 진정한 남자의 조건이라 생각하고, "진짜 남자!"를 입에 달고 산다.
　그럼에도 전혀 밉지 않은 한석율의 최대 무기는 때와 상대를 불문하는 강력한 친화력. 누구를 상대하든 먼저 말을 붙이고, 자신이 인정한 상대라면 진심으로 친해질 준비가 되어 있다.

특이 사항

　블루칼라 노동자의 집안에서 태어나 현장 노동의 소중함을 알고 있는 한석율은 책상물림만 하는 화이트칼라는 되지 않겠다는 다짐을 하며 원 인터내셔널에 입사했다. 늘 자신감 넘치던 그에게도 스트레스가 있었으니, 바로 회사를 잉여처럼 다니는 것 같은 상사 '성 대리'다.
　회사에 먼저 들어왔으면 선임답게 행동을 해야 인정을 해주지, 일도 제대로 안 하는 그 상사는 회사에 전혀 도움이 안 되는 것 같다. 일을 제대로 던져주는 것도 아니다. 그야말로 잉여력 폭발인 그런 선임이 심지어 삶에 대한 가치관까지 간섭하려 한다.
　들이받을까 말까 갈등하던 찰나, 장그래가 조언을 해줬다. 강한 적을 만났을 때에는 일단 기다려야 한다고. 강하긴 누가 강해. 어디 한번 해보자!

이름	**선 지 영 차 장** / 신 은 정
나이	38세
소속	영업 1팀 차장

기본 사항

오상식 과장과 입사 동기. 능력 있는 워킹맘. 사내 평판이 두루 좋고 남사원들이 선호하는 직장 상사이자 여사원들의 성공적인 롤모델로 꼽힌다. 똑똑하고 깔끔해 보이는 현모양처형의 외모에, 정확하고 빈틈없는 업무 처리와 깔끔한 마무리로 신뢰를 얻고 있다. 능력 있는 여자 상사 특유의 기세 없이 후배를 부드럽고 살뜰하게 챙겨, 특히 남자 부하 직원들에게 받는 신망이 두텁다. 그러나 속으로는 가정과 일을 병행하는 데, 즉 워킹맘의 양육 문제에 큰 어려움을 겪고 있다. 후에 그 일로 남편과 갈등이 생겨 회사를 그만둘 수도 있는 상황에서 그동안 챙겨왔던 부하 직원들의 실망스러운 태도를 보며 씁쓸함을 느낀다. 오상식에게 깊은 신뢰를 갖고 있고, 장그래를 인간적으로 좋아해 영업 3팀을 응원하고 조력한다. 안영이와는 이상적인 여자 선후배 관계를 구축한다.

이름	**김 부 련 부 장** / 김 종 수
나이	48세
소속	영업본부 부장

기본 사항

영업 1, 2, 3팀을 총괄하는 부장. 오상식의 입사 시절 사수이자 현재 직속상관. 최 전무의 측근으로서 자원팀 부장으로 근무했지만, 3년 전 마복렬 부장에게 밀려 영업팀으로 좌천당했다. 자원팀에서 합을 맞췄던 오 과장과는 영업팀에서 다시 만나 사사건건 의견 충돌하고 있지만 그 사이에는 끈끈한 전우애가 흐르기도 한다. 자신에게 해가 될 일인 경우 순식간에 입장을 바꾸는 냉철한 면모도 보이지만, 결정적인 책임을 져야 하는 순간에는 책임자로서의 미덕을 저버리지 않는다.

이름	**고 동 호 과 장** / 류 태 호
나이	43세
소속	영업 2팀 과장

기본 사항

오상식의 친구 같은 입사 동기. 장그래가 전무 낙하산이라는 사실을 알고 오상식을 걱정해주기도 하고, 가끔은 전무에게 머리 숙일 줄도 알라고 직언하는 현실주의자. 본인도 차장 승진이 늦어 실적 확보가 발등의 불인지라 오상식과 경쟁 관계이면서도 오상식의 성공을 응원하는 우정과 애증의 라이벌. 부하 직원에게 버럭버럭 엄한 듯해도 실은 가정사 속사정까지 챙기고 염두에 둘 줄 아는 인간미 있는 상사다.

이름	**박 종 식 과 장** / 김 희 원
나이	40세
소속	자원 3팀 과장

기본 사항

한때는 철강팀의 에이스, 원 인터내셔널의 히어로로 불렸다. 큰 실적을 내며 중동통으로 인정받고 최 전무 라인으로 자원팀에서 그 나름의 입지를 구축한 채 유유자적 설렁설렁 회사 생활을 하다가, 영업 3팀으로 충원된다. 앞에서는 아첨하고 돌아서면 안면몰수하는 표리부동 음흉형 인간. 위압적인 외모, 태만한 업무 태도와 비아냥거리는 말투로 자원팀에서도 눈엣가시였던 그가 영업 3팀으로 배치된 후 오상식과 기싸움을 하고 장그래를 핍박하며 트러블을 일으킨다.

이름	**최 영 후 전 무** / 이 경 영
나이	52세
소속	전무이사

기본 사항

강한 자. 조용한 자. 무서운 자. 원 인터내셔널의 실세다. 호방한 기질에 풍류와 의리를 갖춘 호인이지만 '승리'가 최우선인 장수다. 실적과 승리를 위해서는 주변을 얼마든지 희생시키는 냉혹한 인물. 오상식, 김부련과 일찍이 자원팀에서 함께 일하면서 돈독했던 적도 있었지만, 실무직 김은지 사건은 오상식이 그에게 등을 돌리는 결정적 계기가 되었다. 그가 하는 모든 일은 개인의 영달 때문이 아니라 회사의 이익을 위한 것이기에, 과거도 현재도 앞으로도, 자신의 선택이 옳다고 굳게 믿는다. 지금 당장은 회사에 손해를 끼치는 것 같아 보여도, 결국에는 더 큰 이익으로 돌아올 일이었으니까. 그렇게 일해왔고, 그래서 성공했으니까! 하지만 상사맨으로서 모든 것을 바쳐 일했던 세월을 송두리째 부정당하는 일대 사건에 휘말리게 된다.

이름	**마 복 렬 부 장** / 손 종 학
나이	48세
소속	자원팀 부장

기본 사항

안영이의 상관. 겉도 속도 마초의 전형. 기본적으로 '여자(계집애)가 어디서' 하는 마인드를 가진 불량 가부장적 사고방식의 소유자. '능력 있는 여자'는 곧 '예의 없이 대가 센 여자'로 바로 치환시켜버리는 단순한 중년 마초적 습성 때문에 안영이를 보는 눈이 곱지 않다. 안영이에게 어떻게 해서든 굴욕을 주려고 행동하며 급기야 안영이의 사업 아이템을 버리도록 하고 자기 사람을 챙기는 무리수를 둔다. 결국 똑똑한 안영이가 걸어온 정정당당한 싸움에서 빼도 박도 못하고 백기를 들고 마는데….

이름	**정 희 석 과 장** / 정 희 태
나이	39세
소속	자원 2팀 과장

기본 사항

안영이의 상관. 마초 마복렬 부장의 수하. 마초적 조직인 자원팀에 가장 잘 어울리는 인물로 찌그러질 때 찌그러질 줄 알고 드러낼 때 드러낼 줄 아는 눈치 빠른 인간이다. 젊었을 때는 엘리트로 자원팀의 핵심이었고, 이제는 자원팀의 간부로 크고 싶은 욕망을 가진 인물. 부하 관리도 상사에 대한 아부도 적당히 잘하고 있었는데, 잘나도 너무 잘난 신입 안영이가 들어오면서 바람 잘 날 없이 아래위로 문제가 불거지자 점점 불안해진다.

이름	**하 성 준 대 리** / 전 석 호
나이	32세
소속	자원 2팀 대리

기본 사항

신입사원 안영이의 직속상관. 똑똑하고 일 잘하고 꼼꼼하고 맺고 끊음 확실하게 할 말 딱딱 끊어 할 줄 아는 통에 상사들도 가끔 하 대리에게 기가 죽는다. 게다가 후배 챙김 확실하고 잘 키워주기로 유명한 사수. 그런데 이건 남자 후배에게만 해당된다는 사실. 입사 후, 처음 만난 여자 상사와 일하며 된통 당한 이후로, 여자들은 울고 짜고 미꾸라지처럼 슬쩍 책임을 떠넘길 뿐 제대로 일하려는 마음 자세를 갖추고 있지 않다고 단정하게 된 하 대리. 영이 또한 그럴 거라 경계하고 있는데, 오자마자 자신의 보고서에 평가질을 해대는 안영이를 더욱 고깝게 보게 된다. 그래서 남자한테보다 더 모질고 거칠게 대한다.

이름	**강 해 준 대 리** / 오 민 석
나이	30세
소속	철강팀 대리

기본 사항

장백기의 직속상관. 차갑고 냉정한 성격으로 철두철미한 업무 태도를 보인다. 부서에 배치된 장백기에게 배추 숨 죽이기, 투명인간 취급하기 등을 통해 업무 능력과 됨됨이를 개조(?)시킨다. 처음에는 나쁜 선배로 보였지만 알고 보면 제대로 된 선배이자 상사다.

이름	**성 준 식 대 리** / 태 인 호
나이	32세
소속	섬유 1팀 대리

기본 사항

섬유팀의 대리, 한석율의 직속상관. 사람 좋아 보이는 웃음으로 한석율에게 인품이 훤칠하다는 평을 듣지만, 곧 숨겨둔 마각을 드러낸다. '후배는 내 봉이자 막 써먹기 위한 존재'라는, 그야말로 멱살 잡고 싶은 선배 1순위의 철학을 가졌다. 끝까지 한석율과 대립각을 세우며 자신의 가치관을 강요한다.

이름	**유 형 기 대 리** / 신 재 훈
나이	30세
소속	자원 2팀 대리

기본 사항

자원팀 하성준 대리의 후배이자 안영이의 상관. 소심하고 심지 약한 몸으로, 딱히 마초 기질을 타고 나지 못했지만 마 부장이나 정 과장 같은 마초 상사들과 함께 지내다 보니 어느새 마초 코스프레가 몸에 익었다. 하지만 천성이 의지박약하여 끝까지 모질지는 못하다.

이름	**장 그 래 엄 마** / 성 병 숙
나이	50세

기본 사항

도무지 한 번에 속마음을 짐작할 수 없는 외모. 4차원 아줌마. 그녀만의 독특한 소통 방식, 누가 들어도 안 웃긴 그녀만의 개그, 좋은 말로 애써 포장하자면 고차원 개그를 구사한다. 아들에게 겉으로는 퉁명스럽지만 속정 깊은 어머니. 장그래가 바둑을 하는 것을 적극적으로 말리지 못했던 데 미안함을 갖고 살아왔다. 아들이 연거푸 입단에 실패하는 와중에 남편이 죽고 가세가 기울면서 경제적으로 어려운 생활을 해오고 있지만 힘든 내색을 하지 않는다. 큰 욕심 없이 소박한 삶을 이어가고 있다.

나 하나쯤 어찌 살아도
사회든 회사든 아무렇지도 않겠지만,
그래도 이 일이 지금의 나야.

#2

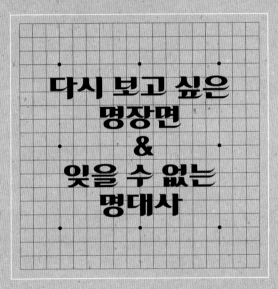

다시 보고 싶은
명장면
&
잊을 수 없는
명대사

길이란, 걷는 것이 아니라 걸으면서 나아가기 위한 것이다.

나아가지 못하는 길은 길이 아니다.

길은 모두에게 열려 있지만 모두가 그 길을 가질 수 있는 것은 아니다.

장그래

\#

+ 세상이라는
  바둑판 위에
  던 져 지 다

내 길은 거기서 끝났다.

기재(棋才)가 부족하다거나 운이 없어
매번 반집 차 패배를 기록했다는 의견은 사양이다.
바둑과 알바를 겸한 때문도 아니다.
용돈을 못 주는 부모라서가 아니다.
아버지가 돌아가시고
어머니가 자리에 누우셔서가 아니다.

그럼 너무 아프니까.
그래서 난 그냥 열심히 하지 않은 편이어야 한다.
열심히 안 한 것은 아니지만
열심히 안 해서인 걸로 생각하겠다.
난 열심히 하지 않아서 세상으로 나온 거다.
난 열심히 하지 않아서 버려진 것뿐이다.

결국 난 여전히 혼자 다른 방향으로

가고 있었던 거다.

이곳에서도 나는 변함없이

혼자였던 거다.

그리고 모두가 다 아는 그 사실을

나만 모르고 있었던 거다.

저런 암묵적인 일사불란함과 동의는

무엇을 얼마나 나누어야 가능한 것일까?

나 의 　 영 웅 들 .

이세돌, 이창호, 유창혁, 조훈현,

조치훈, 김인, 조남철, 세고에 겐사쿠.

많은 나의 영웅들이 사라져간다.

'가지 마. 가지 마요. 제가 잘할게요. 가지 마요.'

"끝난 지가 언제인데

아직도 같은 꿈을 꿔.

바보 같은 놈."

"넥타이 매는 법 아직도 못 배웠니?

남자가 넥타이는 맬 줄 알아야지.

어른이 되는 건 '나 어른이오' 떠든다고 되는 게 아냐.

꼭 할 줄 알아야 하는 건 꼭 할 수 있어야지.

넥타이, 검소하지만 항상 깨끗한 구두,

구명 늘어나지 않은 벨트.

네 아버지 철칙이셨다."

언 제 나   그 랬 다 .

아무리 빨리 이 새벽을 맞아도,

언제나 그렇듯 세상은 나보다 빠르다.

"네가 이루고 싶은 게 있다면
체력을 먼저 길러라.
네가 종종 후반에 무너지는 이유,
대미지를 입은 후에 회복이 더딘 이유,
실수한 후 복구가 더딘 이유, 다 체력의 한계 때문이야.
피로감을 견디지 못하면
승부 따위는 상관없는 지경에 이르지."

"이기고 싶다면 네 고민을
충분히 견뎌줄 몸을 먼저 만들어.
정신력은 체력의 보호 없이는
구호밖에 안 돼."

"거, 뭐야, 이름 때문에 그러는 거야?

이름이 '장그래'라서 그래, 그래, 예예, 예스, 예스, 그러는 거냐구.

아니면 아니다, 싫으면 싫다,

못 하겠으면 못 하겠다, 얘기해. 얘기해도 돼.

이 건 뭐 , 출소한 장기수 같다 할까?

어떻게든 사회에 적응하려고 발버둥치는.

대체 어떤 과거가 있으면

이렇게 협조적이고 희생적일 수 있는 거야?"

출 소 한   장 기 수 .

그게 뭐 어쨌다는 겁니까.

지금 이렇게 전부 보여지고 있는데,

과거가 왜 필요하다는 겁니까.

"보여드릴 게 있습니다."

"이 회사에 들어와서 둔 대국입니다.

저 혼자서, 하루를 한 판의 바둑으로 보고 둔 일기 대국이죠.

바둑에 다면기라고 있어요. 기본적으로 바둑은 1대 1이지만,

다면기는 바둑의 고수가 여러 명의 대국자와

바둑을 두는 것을 말합니다. 보통은 고수가 다 이기죠.

사회에도 다면기가 있더라고요."

"그런데 사회의 다면기는 좀 다른 것이,

하수도 다면기를 두어야 한다는 겁니다.

김 대리님과의 한 판이 있고, 과장님과의 한 판이 있고,

타 부서와도 한 판, 경쟁 상대와도 판을 벌여야 하죠.

그리고 언젠가는 회사 자체와도

한 판을 둬야 할 겁니다."

"저 같은 경우는 특히 남만큼 해서는 이길 수,

자리를 잡을 수 없는 것 같아요.

신 입 사 원이라는 건,

경험이 없는 상황에서도

무언가를 더 남겨야만 하는 사람 아닙니까?"

" 그 래 서 우리한테 그렇게 과거를 숨기는 거였어?

실패자로 보일까봐? 당신은 실패하지 않았어.

나도 지방대 나와서 취직하기 힘들었거든?

그런데 합격하고 입사하고 나서 보니까 말이야,

성공이 아니고 문을 하나 연 것 같은 느낌이더라고.

어쩌면 우린 성공과 실패가 아니라,

죽을 때까지 다가오는 문만 열어가며

살아가는 게 아닐까 싶어."

갈 곳이 없다.

나는 어쩌면 이렇게 가난한 삶을 살아왔는지….

커피 한 잔, 영화 한 편,

한강을 함께 걸어줄 친구 한 명 없다.

"바둑 안 되고 눈치 보일까봐
웃는 낯으로만 대했는데,
이놈이 또 우릴 보고 웃어!
속이 썩어가는 놈이 웃어!
그런 놈이야, 우리 그래가!"

잊 지　　말 자 .
나 는　어 머 니 의 …
자 부 심 이 다 .
모자라고 부족한 자식이 아니다.

인턴 장그래 2년 계약직 사원 최종합격

# #

영업 3팀

**+ 우린 돌격대
영업
3팀이잖아!**

" 너 ,   나   홀 려 봐 .

홀려서 널 팔아보라구.

너의 뭘 팔 수 있어?"

나의 무엇, 내게 남은 단 하나의 무엇.

내가 가장 잘할 수 있는 무엇.

"노력이오. 전 지금까지 제 노력을 쓰지 않았으니까,

제 노력은 쎄빠진 신상입니다! 열심히 하겠습니다.

무조건 열심히 하겠습니다!"

"안 사, 인마.

흔해빠진 게 열심히 하는 놈들이거든, 회사란 데가.

고로 네가 팔려는 물건은 변별력이 없다."

"제 노력은 다릅니다!"

"뭐가 달라?"

"질이요."

"뭐?"

"양도요."

"잘되고 있는 거야? 뭐, 할 줄은 알아?"

"최선을 다하고 있습니다."

**"최선은 학교 다닐 때 대우받는 거고,
직장은 결과만 대접받는 데고."**

증명해 보이고 싶었다.

모두를 만족시킬 수 있는 방법.

그리고 무엇보다, 나 자신을.

" 장 그 래　씨 , 그건 회사 매뉴얼이야.

모두가 이해했고 약속했다는 뜻이지.

근데 당신이 저렇게 다 고쳐놓으면 문제 있을 때

당신한테 문의해야 하나? 회사 일은 혼자 하는 거 아냐.

당신, 얼마나 있을지 모르겠지만

있는 동안만이라도 명심하라고."

혼자 하는 일이 아니다….
나만 보면 되는 세계였다.
여기선, 혼자 하는 일이 아니다.

혼자 하는 일이 아니라면서

결국 혼자이게 만들고 있잖아.

"뭐가 혼자 하는 일이 아니라는 겁니까? 네?"

" 혼 자 라 서 , 할 수 있는 일이 없네요.

혼자 하는 일이 아니라면서요, 회사 일은.

친구가 없냐고 하셨죠? 잘 보셨습니다.

혼자 해야 했죠. 혼자 싸우고 결과도 책임도 혼자 져야 했죠.

그래서 혼자 하지 않는 법을 모릅니다.

모르니까, 가르쳐주실 수 있잖아요.
기회를 주실 수 있잖아요."

"기회에도 자격이 있는 거다.

여기 있는 사람들이 이 빌딩 로비 하나 밟기 위해

얼마나 많은 계단을 오르락내리락했는 줄 알아?

여기서 버티기 위해 또 얼마나 많은

땀과 눈물과 좌절을 뿌렸는 줄 알아?

기본도 안 된 놈이 빽 하나 믿고 에스컬레이터 타는 세상,

그래, 그런 세상인 것도 맞지.

그런데 나는 아직 그런 세상을 지지하지 않아."

"땀, 눈물, 좌절.
도대체 얼마나 더
뿌려야 하는 겁니까?"

"내 말은!!
내 말은, 딱풀 좀 챙겨주라고, 새끼야.
너네 애가 실수로 문서에 풀 묻혀 흘리는 바람에
우리 애만 혼났잖아!!"

우리 애,라고 불렀다.
우 리 애 .
우 리 애 .

"이왕 들어왔으니까 어떻게든 버텨봐라.

여긴 버티는 게 이기는 데야. 버틴다는 건,

어떻게든 완생으로 나간다는 거니까."

" 완 생 이 요 ? "

"넌 잘 모르겠지만
바둑에 이런 말이 있어. 미생, 완생.
우린 아직 다 미생이야."

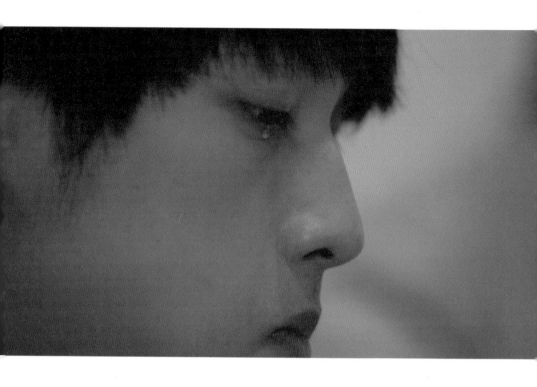

우리는 아무 말 없이 먹기 시작했다.

어떤 허기인가가 우리를 덮쳐 뭐라도 채우지 않으면 안 되었다.

왜 취하지 않으면 안 되는지 알게 된 하루.

그리고… 아무것도, 위로조차도 할 수 없는

신 입 이 라 죄 송 합 니 다 .

"당신들이 술 맛을 알아? 아냐구?!"

"오 과장님, 안녕하세요? 이제 한 팀이네.

이야, 김 대리. 언제 봐도 일을 잘하게 생겼단 말이지.

아, 네가 그 낙하산 계약직?

고졸이라며? 운 좋네?"

"그래 봐야 월급쟁이잖아.
별것도 아닌 새끼가
목에 힘주기는."

" 안 고   가 자 .
영업 3팀에 들어온 이상 우리 사람이야.
일은 놓쳐도 사람은 안 놓치는 게
우리 팀훈이잖아.
힘들겠지만 참고.
너 인마, 그거 전매특허잖아. 참는 거."

"전 그것도 맘에 안 들어요. 장그래 씨, 사람이 왜 그래?
업무적으로 모자라는 걸 지적당하는 건 당연한 건데,
인신공격은 다른 문제라고. 싫으면 싫다고 말을 똑바로 해.
사람이 자존심도 없냐는 소리 듣기 딱 좋잖아."

"더 이상
너랑 이렇게는 일 못하겠다."

"이미 처리된 기획안 들쑤시는 게 어떤 의미인지 알지?

판이 더 커질 수 있다는 말이야.

그 결재에 사인한 모두가 걸려 있는 문제라고."

"아직 확실한 건 아무것도 없습니다.

정황이 그렇다는 거죠."

"정황이 그렇다면 대부분 맞아.

뒤따르는 각자의 사정이 추가될 뿐이지.

경험상, 루머가 루머로 끝나는 일은 드물어."

"좀 부담스럽네요. 문제가 커지면 어떡하죠?"

"장그래! 내 얘기 똑바로 들어.

우리가 지금 하려는 일은 사실관계를 밝히려는 거야.

그 결과에 대한 판단은 우리가 하는 게 아냐. 그건 회사가 해!

지금 우리가 누구 인생 하나 작살내려고 그러는 게 아니라고!

우리가 할 수 있는 노력은 과정이 전부야.

결과는 우리 손 안에 있는 게 아니야!

결과까지 손아귀에 넣으려다 보니까

박 과장이 그런 <u>무리수</u>를 두는 거라고."

"잘못을 추궁할 때 조심해야 할 게 있어.

사람을 미워하면 안 돼. 잘못이 가려지니까.

잘못을 보려면 인간을 치워버려.

그래야 추궁하고 솔직한 답을 얻을 수가 있다."

상대가 일으킨 역류에 반응할 때가 왔다.

적진 깊숙이 뛰어들 때는 이쪽도 목숨을 걸어야 한다.

실수를 먼저 하는 쪽이 지게 되어 있다.

결 과 는   확 연 하 다 .

상대가 죽지 않으면 우리가 죽는다.

뭐 지 , 뭐 지 ?
확신은 안 서는데 꼭 두고 싶은 한 수.
이기든 지든, 두고 싶은 수는 두어지게 마련이다.

"아까 요르단 현지 회사랑 통화하신 거죠?
거기에도 한국인이 있나요?
한국말로 통화하시던데."

하나의 수는 그 직전의 수가 원인이 된다.

지금 이 수가 왜 놓였는지 이해하려면 그 전의 수를 봐야 한다.

상대가 반발하는 것을 이해하려면

지금까지의 수 중에서 무엇이 아팠는지 알아야 한다.

백마진 정도로 따지려고 했던 일은,

사실 그 정도가 아니라는 것을 지금 말해주고 있다.

박 과장 스스로.

모 든 균 열 은

내부의 조건이 완성시키기 마련이다.

"남들이 우리더러 넥타이 부대니 일개미니 하고,
나 하나쯤 어찌 살아도 사회든 회사든 아무렇지도 않겠지만,
그래도 이 일이 지금의 나야."

바둑 한 판 이기고 지는 거,
그래봤자 세상에 아무 영향 없는 바둑.
그 래 도   바 둑 .
세상과 상관없이 그래도 나에겐 전부인 바둑.

왜 이렇게 처절하게, 치열하게 바둑을 두십니까.
바둑일 뿐인데.

그래도 바둑이니까. 내 바둑이니까.
내 일이니까.
내게 허락된 세상이니까.

정말 안타깝고 아쉽게도,

반집으로 바둑을 지게 되면 이 많은 수들이 다 뭐였나 싶었다.

작은 사활 다툼에서 이겨봤자, 기어이 패싸움을 이겨봤자

결국 지게 된다면 그게 다 무슨 소용인가 싶었다.

하지만 반집으로라도 이겨보면,

다른 세상이 보인다.

이 반집의 승부가 가능하게 상대의 집에 대항해 살아준 돌들이 고맙고,

조금씩이라도 삭감해들어간 한 수 한 수가 귀하기만 한다.

순간순간의 성실한 최선이 반집의 승리를 가능케 하는 것이다.

순간을 놓친다는 건 전체를 잃고 패배하는 걸 의미한다.

당신은 언제부터
순간을 잃게 된 겁니까?

" 장 난 하 냐 ?

회사가 장난이야?

내가 네 친구야?

새로운 사람 왔으면 긴장 좀 타자."

"저희 팀 오신 거요,
혹시 다른 이유 있으신 건 아니죠?"
"적어도 나는 이유 없다. 보낸 사람 생각은 모르겠지만.
괜히 너희 팀 타박하는 사람은 없겠지만
보고 있는 사람이 있다는 건 알아야 해.
노려보고 있다는 걸.
날 의심하면 의심한 대로 할 거니까
딴생각 하지 말고."

" 천   과 장 ! 재밌는 친구네.

일을 해, 일을. 회사 나왔으면. 힘 빼지 말고.

사람이 왜 게임에 빠져서 허우적거리는 줄 알아?

게임을 하니까 빠지는 거야.

일하러 와서 게임이나 하고 있다가는

자네부터 게임에 빠질 거야."

121

"네 바둑이 늘지 않는 이유를 말해줄까?
너무 규칙과 사례에 얽매여 있어."
"그럼 어떻게 해야 합니까?"
"격식을 깨는 거야. 파격이지.
격식을 깨지 않으면 고수가 될 수 없어."

"요르단 사업은 어떠세요?
그 사업에서 비리를 걷어내면
매력적인 아이템 같아서요."

" 아 니 , 장그래, 어떻게 그런 발상을 할 수 있지?"

"정말 분위기 파악 못하는 친구네.

아니 지금 사내에서 영업 3팀 바라보는 시선도 모른대요?"

"승부사 같아요. 가끔 그렇게 보여요.

이유는 모르겠지만."

"장그래 씨가 지금 무슨 일을 벌여놓고 손을 놓고 있는지 알긴 해?

<u>신입이 흔히 저지르는 실수. 전체를 보지 못하는 것.</u>

스스로도 감당할 수 있는 제안을 하라구."

"제가 더 열심히 하겠습니다."

"혼자 열심히만 하면 다 되는 줄 알아?

세상 일이 그렇게 간단하면 열심히

안 할 사람들이 어디 있겠나, 이 친구야.""

"하나만 묻자.
요르단 건의 수익이 탐나는 거야?
그래서 이 사업 놓치기 아까운 거야?"

"우리 팀의 일이 아직 덜 끝난 것 같아서요.

모욕을⋯ 받은 것 같습니다.

이 회사의 모두가, 박 과장님에게.

나머지 마무리가 남은 것 같습니다.

회사의 매뉴얼과 시스템을 최대한 활용해서

최고의 이익이 남겨질 수 있게,
그 사업을 원래대로 해놓는 것."

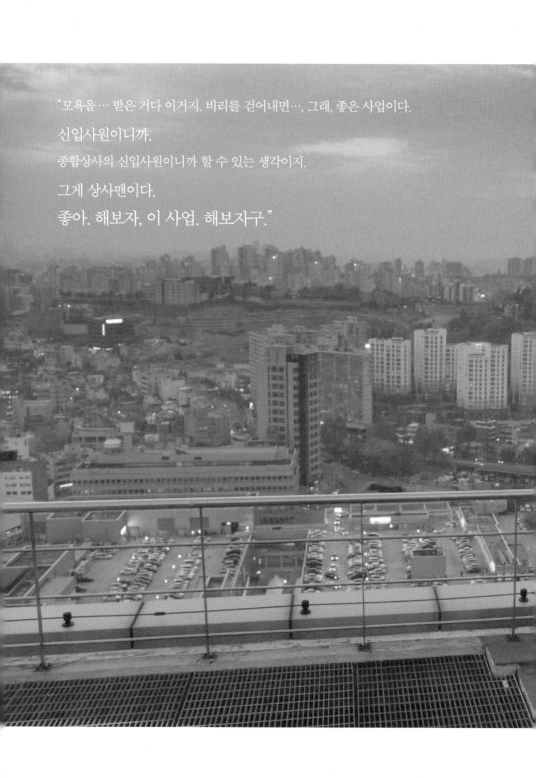

"모욕을… 받은 거다 이거지. 비리를 걷어내면…, 그래, 좋은 사업이다.

신입사원이니까,

종합상사의 신입사원이니까 할 수 있는 생각이지.

그게 상사맨이다.

좋아. 해보자, 이 사업. 해보자구."

"내가 먼저 설득이 되어야
남을 설득시킬 수 있다는 건 변함없지?
내가 안 되는데 남을 설득시키려고 하니까
장그래 말처럼 변명밖에 되지 않는 거라고.
팀의 존폐 여부, 균열, 누군가의 체면.
그런 것들이 만든 틀 말고 이 일이 되어야 한다는
순수한 목적에만 집중해봐.
갈 수 있는 길인지 아닌지."

그 런 데 …

내가 바둑으로 성공했던가?

이 게임에서 성공하기 위해,

실패한 게임의 룰을 들고 와도 되는 건지.

내가 그래도 되는 건지.

내가 지금까지 무슨 짓을 한 건가?

파장은 예상대로다.

그 사건으로 밀려난 누군가의 빈자리를 차지한 미안함이나

난처했던 당시를 떠올렸을 것이다.

그게 어쨌다는 거냐?

뭘 말하고 싶은 거냐?

그 것 을 묻 는 표 정 들 .

그러나 멈추지 않는다.

밀어붙이고, 쏟아 붓는다.

<u>확신이다.</u>

마음속에서 몇 번의 전쟁을 치러야

저런 확신과 신념을
가질 수 있게 되는 것일까?

바둑에서는 상대가 나를 무시하는 한가한 수를 두거나,
지나치게 과욕을 부리거나, 중요한 곳임에도 애써
싸움을 피하듯 꾀를 부리면 끝까지 추궁한다.

"저희는 죄만 들어내기로 했습니다."

판을 바꾸고, 새 판을 짠다.

"이 사업을 다시 하자고 제안한 사람이
그 팀 막내라면서? 왜 이런 제안을 하게 됐지?"
"그건, 우리 회사이기 때문입니다."
"우리 회사?"
"네. 우리 회사요."

하마터면 울컥할 뻔했다.
벌써 서운할 뻔했다.
벌써 웃으려 했다니 한심하다.

...

'같은 사람'이고 싶다.

"장 그 래 ,
첫 번째 메리 크리스마스."

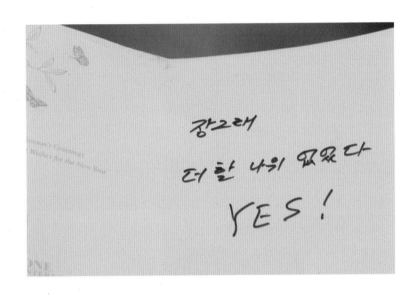

〈더할 나위 없었다. YES!〉

"평소에 하던 대로만 하면 되는 거죠?
평소대로만 하면,
이 대 로 만 하 면
정 직 원 이 되 는 거 죠 ?"

"안 될 거다.

대학 4년, 어학연수 다녀온 사람들도 많고,

그 사람들도 취직 못해서 고통받고 있어.

그들이 그 시간에 지불한 비용과 노력을 생각해본다면

취업 우선순위에서 밀리는 게 당연할지도 몰라.

회사의 매뉴얼은 철옹성 같아.

네가 끼어들 틈은 없을 거야."

"내가 회사생활 하면서 가장 좋았던 게 뭔지 알아? 술 배운 거.

외로운 거 이놈한테 풀고, 힘든 거 이거 마시며 넘어가고,

싫은 놈한테 굽실거릴 수 있었던 것도 다 이 술 덕분이지.

근데 가장 후회하는 것도 술을 배운 거지.

술, 즐겁게 마셔. 독이 된다구.
수승화강이라고,
차가움은 올리고 뜨거움은 내려라.
머리는 차갑게 가슴은 뜨겁게.
술은 열을 올리거든."

"욕심도 허락받아야 되는 겁니까?
정규직, 계약직, 신분이 문제가 아니라,

그게 아니라, 그냥 계속 일을 하고 싶은 겁니다.
차장님하고 과장님하고 대리님하고,

우리, 같이, 계속."

"대책 없는 희망이, 무책임한 위로가 무슨 소용이야?"

"전 그 대책 없는 희망, 무책임한 위로 한마디

못 건네는 세상이란 게 더 무섭네요.

대책 없는 그 말 한마디라도 절실한 사람들이 많으니까요."

"그 래 도 안 돼."

"그때 버텼어야 했나, 좀더 정치적으로 살았어야 했나.

눈에 보이지 않지만 실재하는 그 줄이란 걸 잡아보는

시늉이라도 했어야 했나. 잠을 못 자겠다. 후회가 밀려와서.

회사가 전쟁터라고?

밀어낼 때까지 그만두지 마라. 밖은 지옥이다."

"정신 맑게 하고 있어요.
취기가 있어서는 기회가 와도 아무것도 못해요.
일이 잘될 때도 취해 있는 게 위험하지만,
일이 잘 안 풀릴 때도 취해 있는 건 위험해요.
우리 팀 신입이 있는데 딱 형님 예전 같더라고.
성실하고 일 미루지 않고. 근데 형님하고 다른 게 있어요.
애는 쓰는데 자연스럽고 열정적인데 무리가 없어요.
어린 친구가 취해 있지 않더라고요."

"장그래, 취해 있지 마라."

"취해 있지 않아요.
취해 있을 수가 없습니다.
돌을 잃어도
게임은 계속되니까요."

"살면서 누구를 만나느냐에 따라
인생이 달라질 수 있어.
파리 뒤를 쫓으면
변소 주변이나 어슬렁거릴 거고
꿀벌 뒤를 쫓으면
꽃밭을 함께 거닐게 된다잖아."

"아,
그래서 저는
지금 꽃밭을
걷고 있나 봅니다."

"동식아, 팀 바꿔줄까?"
"차장님, 전 차장님하고 일하는 게 좋아요. 그냥 그뿐이에요.
그리고 제 일은 제가 알아서 할게요.
제가 팀 바꾸고 싶을 때 그때 제가 제대로 말씀드릴게요."

"저기 말이야, 내가 누구한테,
언놈한테 뭘 좀 해줘도 되나?
내가 누구 사는 거에
또다시 관여를 해도 되나?
돕는답시고 손을 내미는 게, 맞나? 내가."
"다 해. 그냥 해. 당신 하고 싶은 대로 해.
난 그게 맞다고 생각해.
당신은 당신이 해야 맞다고 생각하는 거,
그것만 생각해.
나머지는 당신 맘대로
되는 거 아니야."

"차 장 님 ,

이 건 그냥 접으시죠.

이 건 왜 하려고 하는지 잘 알겠는데요,

잘못하다가는 팀 박살 나겠어요.

차장님 뭘 망설이시는 거예요?

무슨, 다른 생각하시는 거예요?"

"장그래가… 걸려 있어."

" 장 그 래   씨 .

뭐가 그렇게 걸리는지 모르겠지만 그냥 하십시오.

아무것도 돌아보지 말고 아무것도 묻지도 말고,

그냥 오 차장님 믿고서, 그냥 하십시오.

나는 장그래 씨가,

했으면 좋겠습니다."

"저 때문이신 겁니까?

평소에 차장님이시라면 간과하지 않으셨을 상황들,

그냥 눈 감고 넘어가시는 것, 저 때문이신 겁니까?

저를 구제하시려는 거잖아요.

저 때문에 팀을 위험에 빠뜨리고 싶지 않습니다."

"걱정할 것 없어.
이 일은 내가 반드시 되게 만들 거다.
아무도 위험에 빠뜨리지 않을 거야.
그래, 너를 구제할 수 있는 기회, 맞아.
그래서 마지막으로 내가 할 수 있는 건 할 거다. 왜냐고?
지금 안 하면 다시 기회가 온다 해도
내가 그런 마음을
또 가질 수 있을는지 모르겠으니까."

"저 때문에 차장님과 팀이 조금이라도 위험해진다면

아무것도 의미 없습니다.

저를 구제해주려고 하신
그 마음이면 충분합니다."

"넌 날 끝까지
믿지 못한 거냐."

"너 때문이 아니야. 나 때문이다.

모두를 불안하게 만들고

아무것도 모르는 너까지 불안하게 한 건 나다.

그러니 시작도 나고 끝도 나야.

책임을 느끼는 것도, 책임을 지는 것도,

책임질 만한 일을 하는 것도

다 그럴 만한 자리에 있는
사람들의 몫이자 권리야."

"너 인마, 잘하는 거 있잖아.
참 아 . 버 텨 보 자 고 .
우린 돌격대 영업 3팀이잖아."

"괜찮아. 난데없는 것도 아니고.

가슴에 그거 한 장씩 안 품고 사는

직장인이 어디 있어?

밤마다 사표 쓰는 꿈꾸고

아침마다 사표 쓰면서 출근하잖아, 우리.

마음의 준비는 할 만큼 해왔어.

다만, 다만 그놈이 걸리는 거지."

"노력의 질과 양이 다른 장그래.

버 텨 라 .   꼭   이 겨 라 .

안 될 것 같더라도 끝은 봐.

살다 보면 끝을 알지만 시작하는 것도 많아.

장 그 래 ,

끝까지 책임져주지 못해서

미안하다."

남은 사람들은 모두 나를 위해 애를 쓰고 있었고,

그럴수록 내게는 떠나야 하는 이유가 쌓여갔다.

그럼에도 불구하고

계속 남아 있는 것은, 그래서다.

'버텨라. 꼭 이겨라.'

"제 가 , 다시 욕심을
가져도 되는 건가요."

"양복도 있고, 와이셔츠도 있고,

넥타이도 있고, 가방도 있고, 구두도 있고.

언제든 나올 수 있겠네."

"요즘 참 시간 안 가네요.
쏜살같이 가는 게 시간이더니, 재미없네."
"넌 아직도 일에서 재미를 찾니?"
"그러게요. 왜 외롭냐."

숲속에 두 갈래 길이 있어
나는 사람이 덜 다닌 길을 택했습니다.
그리고 그것이 내 인생을 이처럼 바꿔놓은 것입니다.

"여기 페트라도 대상무역이 쇠퇴하면서

천년이 넘게 잊혀져온 길이 됐었지.

그런 생각이 들어. 꿈을 잊었다고

꿈이 꿈이 아니게 되는 건 아니라는 거.

길이 보이지 않는다고 길이 길이 아닌 건 아니라는 거.

루쉰이 그런 말을 했지.

희망은 본래 있다고도

할 수 없고 없다고도 할 수 없다.

그것은 마치 땅 위에 난 길과 같다.

지상에는 원래 길이 없었다.

가는 사람이 많아지면 길이 되는 것이다."

# #

신입 4인방

+ 뜨거운 오늘을
  기 억 하 라

"장그래 씨, 삶이 뭐라고 생각해요?

거창한 질문 같아요? 간단해요.

<u>선택의 순간들을 모아두면 그게 삶이고 인생이 되는 거예요.</u>

매 순간 어떤 선택을 하느냐,

결국 그게 삶의 질을 결정짓는 것 아니겠어요?

우리가 이 옥상에 올라온 지 5분이 지났어요.

잊지 마십시오. 이 5분이,

이 옥상에서의 5분이,

당신의 인생을 바꿔줄

최고의 5분이었다는 사실을 말입니다."

"네 파트너 말이야, 한석율이.

내가 볼 때 그 친구는 성취동기가 분명한 부류야.

네가 실력이 없으면 그걸 이용해서 자기가 돋보이려 할 거고,

네가 실력이 좋아도 그걸 이용해 자기가 돋보이게 할 거고.

성취동기가 강한 사람은 토네이도 같아서

주변을 힘들게 하거나 피해를 주지.

하지만 그 중심은 고요하잖아. 중심을 차지해."

바둑은 기본적으로 싸움이고 전쟁이다.
다가오면 물러서기도 하고 상생을 도모하기도 하지만
승자와 패자가 분명한 세계다.
그 세계에서 10년을 넘게 살았었다.
패잔병이지만 승부사로 길러진 사람이다.
선수(先手)를 넘기지 않는 선수(選手)다.

"화도 났고 얄미운 사람이기도 하지만

저한텐 한석율 씨가 필요할 수밖에 없단 걸,

인정할 수밖에 없단 걸 깨달았어요.

자존심과 오기만으로 넘어설 수 없는 차이란 건

분명히 존재하니까요.

부끄럽지만
일단은…
내일은
살아남아야 하니까요."

"역시… 현장이지 말입니다."

아버지, 전 당신이,

현장이, 부끄럽지 않아요!

"이건 우리 회사 모 과장님의 실내화입니다.

많이 닳아 있죠? 땀 냄새도 배어 있습니다.

사무실도 현장이란 뜻입니다.

그 현장의 전투화,

당신에게 사무 현장의 전투화를 팔겠습니다!"

바둑판 위에 의미 없는 돌이란 건 없어.

"회사에서 생산하는 제품 중에

이유 없이 존재하는 제품은 없죠."

돌이 외로워지거나 곤마에 빠졌다는 건

근거가 부족하거나 수읽기에 실패했을 때지.

"제품이 실패하거나 부진을 겪는다는 건

그만큼의 예측 결정이 실패했거나,

기획, 판단이 실패했다는 걸 겁니다."

곤마가 된 돌은 그대로 죽게 놔두는 거야.

단, 그들을 활용하면서 내 이익을 도모하는 거지.

"실패한 제품은 실패로 끝나게 둡니다.

단, 그 실패를 바탕으로 더 좋은 제품을 기획해야겠죠.

공장과 사무는 크게 보아 서로 이어져 있습니다.

그 사이, 공장이나 사무에서 실수와 실패가 있을 수 있죠.

하지만 큰 그림으로 본다면

우리는 모두 이로움을 추구한다는 점에서 같습니다.

제가 생각하는 현장은, 한석율 씨가 생각하는
현장과 결코 다르지 않다고 확신합니다."

"세상이 아무리 좋아졌다고 해도 육아와 일을 병행하는 건 쉽지가 않아.

워킹맘은 늘 죄인이지.

회사에서도 죄인, 어른들께도 죄인, 애들은 말할 것도 없고.

남편이 도와주지 않으면 불가능한 일이야."

"일 계속할 거면 결혼하지 마, 영이 씨는.
그게 속 편해."

"소미가 그린 거야?"

"응. 근데 내 얼굴은 안 그렸어. 달걀귀신 같아."

"나도 할 말이 없네. 만날 자는구나."

"답이 없다, 답이.
우리를 위해 열심히 사는 건데
우리가 피해를 보고 있네."

매일 이렇게 보고 있었구나.

엄마 뒷모습을….

다시는… 널 미루지 않을게!

누구한테나 싫은 소리 않는
좋은 사람이 되고 싶었나?
일하러 온 회사에서 내가… 책임을 진 적이 있었나?

"절차대로,
진행해도 되겠습니까?"

판이 안 좋을 때 위험을 감수하고 두는 한 수.
국면 전환을 꾀하는 그 한 수를 바둑에서는
묘수 또는 꼼수라 부른다.
묘수가 빛나는 바둑이란
그동안 불리한 바둑이었단 반증이다.
묘수 혹은 꼼수는 정수로 받습니다.

봉 위 수 기 .

위기에 처한 경우 불필요한 것을 버려라.

'무책임해지세요. 버리셔야 합니다.

그들을 다 껴안을 순 없어요.

대리님이 살아야죠.'

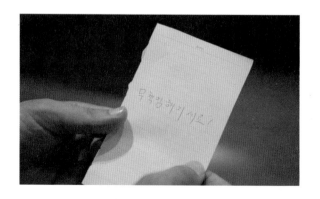

"지금까지의… 경과를 말씀드리겠습니다.

(……)

전, 제가 하는 일에 자신이 없었습니다.

기망을 한 건 저입니다.

제게 책임을 물어주십시오.

저분들을 구제해주십시오.

거래 끊지 말아주십시오. 패널티 주지 말아주십시오."

어떤 바둑을 졌을 때보다 처참했다.

다 자기만의 바둑이 있는 건데.

내가 뭐라고,

나 따위가 어디서 감히!
비루한 훈수질이냐.

"고 마 워 , 장그래 씨.
당신이 내 가난한 껍질을 벗겨줬어."
"죄송합니다."
"감사합니다."

그래. 누구에게나
자신만의 바둑이 있는 거다.

"'우리' 때문에요.

지난봄에요, 그 '우리'가 고팠거든요. 좀 있으면 다시 봄이고…,

1년이네요. 우리."

"그럼 어떤 방법이 있는데요?
알면 말 좀 해주세요.
열심히 해도 안 되고 안 하면 더 안 되는 이 상황,
뭘 어떻게 해야 되는지요.
이미 나에 대한 마음을 닫은 사람들한테
내 마음을 전달하는 방법이,
학교에서 배운 거엔 없더란 말이죠.
그래서요, 그래서 그냥 무식하게 하는 거예요.
그냥 해볼 수 있는 건 다 해보는 거란 말이죠.
이게 내가 찾은 방법이에요."

"백기 씨 말대로 제가 지기로 했어요.
강한 창을 이기는 방법은 방패도
더 강한 창도 아닌 것 같더라고요."

"져주라고 한 건 이런 뜻이 아니었습니다.

무조건 지고 들어가는 게

영이 씨가 찾은 방법이에요?

난 회사, 그만둘 겁니다."

"쫄지 마요.

남자들 참 찌질하죠. 잘난 여자 앞에 서면 더 찌질해지나봐.

당신 잘못한 거 없으니까 당당하라구.

인턴 때 2년 묵은 아이템 해낼 때.

당신이 얼마나 전사 같았는지 전설처럼 회자되고 있잖아.

그때의 안영이로 돌아가요.

쫄지 말고 당당하고 세게.

그게 안영이다운 거지."

"욕심이 너무 많은 거 아니에요?
최고 스펙의 직원이 바닥부터 시작하는 사람의
몸부림까지 탐내는 거예요?"

"도대체 저한테, 왜 이러시는 겁니까?"

"장백기 씨는 꽤나 일 크게 만드는 스타일이군요.

주목받고 싶어 하는 스타일이거나.

나는 아직 장백기 씨가 충분히 교육받았다고 생각하지 않아요.

그래도 하겠다고 하니까 이거 해 와요.

내가 지금, 업무를 준 겁니다."

"말씀하신 그 기본은 학교, 인턴, 신입 교육 때 충분히 다졌습니다.
제게 기본을 가르친다는 건 핑계일 뿐이고,
그냥 저를 싫어하시는 거라고 생각되는데요.
강 대리님이 말씀하시는 그 기본이 그렇게 중요한 거라면,
왜 처음부터 진작 말씀해주시지 않았습니까?"

"아직도 멀었네."

"저는 사업을 만들려고 왔습니다.

다른 팀 신입들, 어떻게 일하는지 안 보이십니까?

벌써 다들 다음 분기 영업 계획서에 이름을 올렸습니다.

대리님은 제가 왜 그렇게 마음에 안 드십니까?"

"장백기 씨는 우리 팀에서
지금까지 아무것도 배운 게 없습니까?"
"제가 지금까지 배운 건 참을성밖에 없습니다.
그리고 지금은 배울 때가 아니라
써먹을 때라고 생각합니다!"

"직장생활 하면서 가장 괴로운 걸 알았어.

보기 싫은 놈을 매일 봐야 한다는 거.

너무 짜친 거짓말과 잘못들이 너무 많아서

말하는 사람을 열라 치사하게 만드는 거.

근데 그런 놈을 상사들이 더 좋아한다는 거!

그리고! 내가 한 일이 다 그놈 것이 된다는 거!"

싸우고 싶어요? 어떻게 싸울 건데요? 신입이.
일단 기다려야 하지 않을까요?
싸움은 기다리는 것부터 시작입니다.
상대가 강할 때는요.

"나 현장으로 갈까봐.

여기는, 이 회사에선,

내가 바꿀 수 있는 게 아무것도 없는 것 같아.

강한 놈하고 싸우려면 기다려야 한다고? 언제까지?

내가 두려운 건, 기다리다가
저놈처럼 될까봐 그게 제일 겁나.
저놈도 처음에는 안 그랬을 거 아냐?"

뭐 하나 쉬운 일상이 없다.

위험한 곳을 과감하게 뛰어드는 것만이 용기가 아니다.
뛰어들고 싶은 유혹이 강렬한 곳을 외면하고
묵묵히 나의 길을 가는 것도 용기다.
순류에 역류를 일으킬 때 즉각 반응하는 것은 어리석다.
상대가 역류를 일으켰을 때 나의 순류를 유지하는 것은
상대의 처지에서 보면 역류가 된다.
그러니 나의 흐름을 흔들림 없이 견지하는 자세야말로
최고의 방어 수단이자 공격 수단이 되는 것이다.

"정 못하겠으면 돌아가십시오.

장백기 씨 말대로 저는 부족한 게 많은 사람입니다.

그래서 장백기 씨보다 훨씬 더 많은 순간순간들이 절박합니다.

전 오늘 오 차장님이 주신 시간 안에 이걸 꼭 팔아야 해요."

게임의 법칙상
모든 것은 앞을 향해 나아간다. 그 끝에 지옥이 있더라도.

"그 래 야, 넌 여길 오는 게 아니었던 것 같다.

왜냐하면 여기 있는 사람들은 다 사줄 테니까.

동정이든, 격려든, 응원이든.

그래서야 네가 일을 했다고 할 수 있겠어?"

"장그래 씨,
나는 아직도 장그래 씨의 시간과
나의 시간이 같다고 생각하지 않습니다.
그래도, 내일 봅시다."

회사에 들어오고 <u>1년 5개월.</u>

우리는 충분히 알게 됐다.

시 련 은 , 셀 프 라 는 걸 .

우리 중 누구도 감히 그에게 섣부른 충고를 건넬 수 없었다.

그래도 나는 그에게 말하고 싶었다.

돌을 잃어도 게임은 계속됩니다. 한석율 씨.

"이 건은 네가 맡아서 해. 너처럼 악질인 놈은 보다 보다 처음 봤어.
여자라고 힘든 일 빼주고 그러지 않을 거야."

"감사합니다. 열심히 하겠습니다."

"장백기 씨 동기는 스스로 성취하세요.

그게 안 되면 버티기 힘들 거예요.

장백기 씨, 내일 봅시다."

"너희들의 뜨거웠던
오늘을 기억해라."

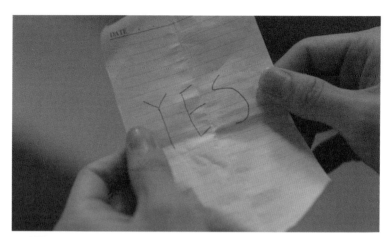

길이란 걷는 것이 아니라 걸으면서 나아가기 위한 것이다.
나아가지 못하는 길은 길이 아니다.
길은 모두에게 열려 있지만
모두가 그 길을 가질 수 있는 것은 아니다.

다시 길이다.
그리고 혼자가 아니다.

그래도 바둑.
세상과 상관없이 그래도 나에겐 전부인 바둑.
그래도 바둑이니까. 내 바둑이니까.
내 일이니까. 내게 허락된 세상이니까.

3

현장
포토

워커홀릭 **오상식** 이.성.민

의리남 김동식 김.대.명

살아남자 천관웅 박.해.준

스마트 장백기 강.하.늘

마지막 촬영

시청률 3억 달성하고
여러분 옆에서
출근길 프리허그 하겠습니다
원한다면 ㅋㅋ
"희찬" 상식

4. 임시환은
시청률 3% 달성시.
회사 한 곳을 선정하여
점심시간을 이용하여
간식을 사들고 직접 찾아가겠습니다~용
성찬

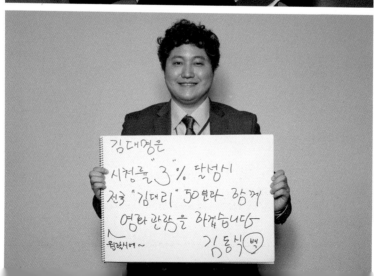

김대영은
시청률 "3"% 달성시
전국 "김대리" 50분과 함께
영화관람을 하겠습니다
원하신다면~ 김동혁 뱀

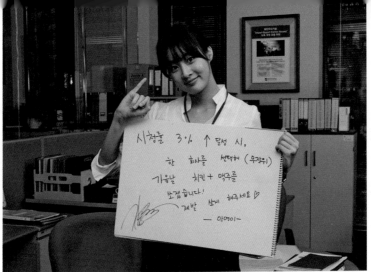

시청률 3% ↑ 달성 시,
한 회사를 선택해 (무작위)
가을날 치킨 + 맥주를
쏘겠습니다!
제발 살게 해주세요 ♡
— 안여이 —

저 "강하늘"은,
시청률 "3%" 달성 시,
무작위 회사, 퇴근길
회사 로비에서 노래를 부르겠습니다! ♡

"저 변요한은   시청률 3%가
넘으면   인천시민분들께
커피 100 잔을   쏘겠습니다!! ^^

그래도 살만한 인생
tvN 주년 특별기획
미생
未生
임시완 | 이성민 | 강소라 | 강하늘 | 김대명 | 변요한 | 신은정 | 박해준 그리고 이경영
10월 17일 첫 출근 | 매주 [금토] 저녁 8시40분 tvN 방송

단체 사진
〈미생〉을 사랑해주셔서 감사합니다!

그래,
누구에게나 자신만의 바둑이 있다.

#4

만든
사람들

∨
'미생', 당신을 응원합니다.

Q » 드라마 〈미생〉이 '신드롬'이라 불릴 만큼 큰 화제를 모으며 종영했습니다. 소감이 어떤지 궁금한데요.

A » 〈미생〉은 나에게 꿈과 같은 드라마입니다. 내가 꿈꿔왔던 드라마이고, 꿈처럼 깨어나기 싫은 행복감을 주었던 드라마입니다. 원작이 이미 많은 사랑을 받고 있었기에 이를 성공적으로 드라마화하는 것은 더욱 어렵고도 부담스러운 작업이었습니다. '웹툰'과 '드라마'라는 상이한 매체의 간극을 풍부한 감성으로 메워주신 정윤정 작가님과, 주인의식을 가지고 끝까지 헌신해주신 연기자, 스태프 여러분이 없었다면 실현 불가능했을 것입니다. 원작을 사용하도록 허락해주시고 방송 내내 지지와 응원을 보내주신 윤태호 작가님 그리고 무엇보다 드라마 〈미생〉을 사랑해주신 모든 '미생' 시청자 여러분께 감사드립니다.

Q » 원작 자체가 이미 큰 인기를 끌고 있는 상황에서 드라마를 만드는 데 고민이 크셨을 것 같습니다. 웹툰을 드라마화하는 데 중점을 둔 부분이 있다면 무엇인가요?

A » 웹툰이든 소설이든 독자는 컷과 컷 사이, 글의 행간을 상상하면서 봅니다. 같은 장면을 가지고 정말 다양한 상상을 하기 때문에 언제나 이를 영상화할 경우 그 상상의 총합보다 부족한 점이 생기기 마련입니다. '원작 그대로' 표현해도 원작만큼 표현되는 것이 불가능한 이유입니다.

또한 책을 읽는 행위, 혹은 컴퓨터 화면을 스크롤하면서 읽는 행위와 TV를 시청하는 행위는 다릅니다. 책이나 웹툰은 잠깐 잠깐 쉬기도 하고 때로는 아주 오랜 시간 동안 쉬었다가 읽기도 합니다. 서술의 시점이 자주 바뀌어도 독자들은 크게 어색하게 느끼지 않습니다. 그러나 드라마는 적어도 한 회 방송을 나눠서 보지는 않습니다. 그렇기 때문에 좀 덜 산만해 보이도록 만들 장치들이 필요합니다.

우선 구성 면에서 인물들이 골고루 한 회에 엮일 수 있도록 원작의 에피소드와 추가 에피소드가 병행, 교차하도록 했습니다. 캐릭터도 대부분의 경우 조금씩, 혹은 많이 바꿨습니다. 물론 '원작이 말하고자 하는 바를 놓치지 않는 한에서'라는 당연한 제한이 있었습니다. 저는 그것이 원작을 드라마로 더 잘 표현하는 방법이라고 생각했습니다. '원작을 봤던 시청자가 위화감이 들지 않도록 하면서도 드라마적으로 잘 엮이도록 하는 것, 그래서 시청자의 외연이 원작 팬을 넘어 확장되는 것'이 드라마 〈미생〉의 목표였습니다. 이를 정윤정 작가님께서 훌륭하게 대본으로 만들어주셨고 연기자들의 진심 어린 연기가 더해져서 많은 분들이 좋아해주셨던 것 같습니다.

Q » 원작인 웹툰과 드라마를 비교했을 때 차이점이 있다면 무엇인가요?

A » 원작은 감성적인 부분과 함께 지적이고 철학적인 내용, 회사라는 시스템은 어떻게 운용되는가, 어떻게 회사 생활을 해야 하는가에 대한 정보적인 측면을 다 가지고 있습니다. 물론 드라마에서도 이를 모두 담으려고 노력했지만 특히 감성적인 측면을 극대화하고 증폭시키려고 했습니다.

원작은 우직하고 정직한 화법의 매력이 돋보이는 작품입니다. 저는 이러한 정조를 가져오면서도 원작에서 심심치 않게 엿보였던 코미디를 조금 더 강조하려고 노력했습니다. 여기서 말하는 코미디는 '콩트'가 아니라 '페이소스'가 있는 '정극'으로서의 코미디입니다. 제가 굳이 '유머'라는 말 대신 '코미디'라는 말을 사용하는 이유는 바로 이 '페이소스' 때문입니다. 장그래뿐 아니라 〈미생〉 안에 등장하는 인물들이 대부분 고단한 삶의 무게를 짊어지고 있기에 이를 있는 그대로 표현하면 시청자들이 너무 보기 힘들 것 같았습니다. 아픔을 웃음으로 승화하면 아픔도 더 와 닿게 느껴지고 재미도 더 있을 거라 생각했습니다.

Q » 원작과 다른 또 한 가지로 주변부 인물들이 살아났다는 점을 들 수 있을 것 같은데요?

A » 정윤정 작가님의 공이 큽니다. 매력적인 인물들을 만들어주셔서 연기자들이 더 편하게 연기할 수 있었습니다. 원작자인 윤태호 작가님 역시 그런 점을 즐겁게 바라봐주셨던 것 같습니다.

Q » 요르단 장면을 드라마의 오프닝으로 선택하셨습니다. 요르단 현지 에피소드를 오프닝으로 삼은 특별한 이유가 있는지 궁금합니다.

A » 원작의 팬으로서 만화《미생》이 더 많은 사람들에게 알려졌으면 하는 바람이 있었습니다. 그래서 가장 피하고 싶었던 것이 장그래가 바둑을 포기하는 장면부터 시작하는 것이었습니다. '미생은 바둑 드라마다'라는 선입견을 주고 싶지 않았습니다. 원작을 아예 모르는 사람들이 초반에 요르단 액션을 보고 '재미있네'라고 느끼길 바랐습니다. 너무 엄숙하지 않은 편안한 드라마이며, 각 잡고 봐야 하는 거창한 이야기가 아니라는 느낌도 주고 싶었습니다.

또 장그래가 요르단 장면 이후 현실에 짓눌린 모습으로 등장하는데, 처음에 단단한 모습으로 등장하면 '이 친구가 어떤 일을 겪었기에 그렇게 단단해졌지?'라고 시청자들이 궁금해했으면 좋겠다는 생각이 들었습니다. 머나먼 이국땅에서 추격전을 벌일 정도의 단단함을 보여주고 싶었습니다.

Q » 해외 로케이션을 요르단에서 진행한 이유가 있는지요?

A » 우선 원작의 마지막이 요르단에서 끝났기 때문이고, 윤태호 작가님과 주한 요르단 대사관의 도움으로 요르단에 갔을 때 많은 영감을 받았기 때문이기도 합니다. 한국의 남대문 시장과 비슷하면서도 이국적인 암만 다운타운의 구시장 거리, 〈아라비아의 로렌스〉의 배경이었던 와디럼 사막, 〈인디아나 존스〉의 배경이었던 페트라의 알카즈네 등등 매력적인 장소들이 많았습니다. 중동 국가이면서도 기름 한 방울 나지 않아 그만큼 무역업에 대한 의존도가 높다는 점에서, 또한 페트라 지역은 고대 대상무역의 중심지였다는 점에서 종합상사를 다룬 드라마에 무척 어울리는 곳이었습니다.

가고 싶었지만 가지 못한 길, 끊어진 길에 대한 미련이나 상념이 남아 있는 장그래에게 오상식이 무언가를 말해줄 수 있는 공간으로 와디럼 사막과 페트라 이상의 장소가 없다는 생각을 했습니다.

Q » 드라마에 '격식을 깨야 고수다'라는 대사가 나오는데요. 흔한 '로맨스' 코드 없이도 드라마가 잘될 수 있다는 것을 증명해 보였습니다. '파격'을 선택하는 데에 부담은 없으셨는지 궁금합니다. 또 로맨스는 없지만 '브로맨스'가 화제가 되기도 했는데요. 어떻게 보셨는지요?

A » 사실 로맨스 없이도 잘된 드라마는 많습니다. 대부분의 대하 사극이 그러하고, 메디컬 드라마나 수사 드라마와 같은 장르물도 로맨스 코드 없이 잘된 경우가 있습니다. 〈미생〉이 로맨스 없이도 드라

마가 잘될 수 있다는 것을 증명한 드라마라는 말에 좀 쑥스러운 마음이 드는 이유입니다.

웹툰 《미생》을 드라마화하는 것부터가 이미 파격이었습니다. 로맨스가 없다는 점뿐만 아니라 처음과 끝을 아우르는 커다란 중심 사건이 없고, 에피소드 간 연결성이 떨어지며, 캐릭터들이 각 에피소드에 고루 엮이지 않는다는 점에서 그렇습니다. 웹툰으로 봤을 때는 장점이자 강점이었던 이 부분들이 드라마로 만들 때는 커다란 장애물이었습니다. 그래서 오히려 드라마 〈미생〉이 좀더 '덜 파격'으로 가는 방향이 뭘까 고민했습니다. 물론 '원작이 말하고자 하는 바를 해치지 않는 선에서'라는 원칙은 여전히 지켜져야 했습니다. 그래서 '우정'이라는 감정이 중요해졌습니다. 남녀와 선후배를 가리지 않는, '동료애'라고도 표현할 수 있는 이 감정을 잘 표현하면 시청자가 많이 낯설어하지 않으면서도 좋아할 것이라고 생각했습니다.

시청자들이 '우정'을 좋아하는 것은 멜로에 대한 염증도 물론 있겠지만 그보다는 진짜 리얼한 이야기를 원하는 트렌드의 연장선이라고 생각합니다. 현실에서 로맨스의 감정을 자주 느끼지는 않으니까요. 반면 동성 간 혹은 이성 간 우정을 나누거나 좋은 사람을 만나는 경우는 감정의 깊이나 충격은 세지 않더라도 의외로 자주 있는 일이 아닐까요? 현실적으로는 멜로보다 더 자주 느끼는 감정인 반면에 드라마 등에서는 많이 다루지 않았던 것 같습니다. 결국 우정이란 넓은 의미에서는 사람과 사람 간의 작은 감동의 순간이 모여서 생긴 감정이라고 생각합니다. 오상식과 장그래의 감정도 우정의 일종이고, 안영이가 다른 동기들을 대하는 태도 역시 우정입니다. 때로는 그 감정이 요즘 표현하는 '썸 탄다'는 말처럼 우정에서 조금은 더 나아갈지 모르고, 장그래와 오상식 사이의 감정처럼 유사(類似) 부자관계, 오 차장과 선 차장 사이의 감정처럼 유사 연인관계로 느껴질 수도 있으나 결국 〈미생〉 안의 사람들은 우정을 나누고 있는 것이었습니다.

Q » 직접 뽑는 명장면이 있다면 어떤 장면인가요?

A » 만든 사람 입장에서 모든 장면을 다 정성들여 찍었지만 특히 고민해서 찍은 것은 각 화의 엔딩 장면이었습니다. 〈미생〉은 기존의 다른 드라마처럼 다음 회가 가장 궁금한 순간에 엔딩을 잡는 경우도 있었지만, 그 회차의 에피소드를 마무리 짓는 느낌으로 여운이 남는 엔딩이어야 하는 경우가 더 많았습니다. 특히 장그래가 오 차장으로부터 받은 연하장을 손에 들고 옥상에서 자신이 두어온 바둑을 복기하는 13회의 엔딩이 가장 기억에 남습니다.

Q » 갑과 을을 다룬 이야기라 요즘 사회문제와 많이 비교가 되는데, 이에 대해서는 어떻게 생각하시는지요?

A » 을로 살아가야 하는 사람들의 공감을 목표로 한 드라마를 만든 사

람의 입장에서 을의 아픔을 이야기할 때 드라마 〈미생〉이 회자되는 것은 영광스럽고 고마운 일입니다. 제가 생각한 것보다 드라마가 훨씬 더 큰 힘을 갖는다는 것을 느꼈습니다. 더 잘해야겠다는 생각을 새삼 하게 됩니다.

Q » 작품을 하면서 시청자 여러분께 꼭 전하고 싶었던 메시지가 있었다면 무엇인가요?

A » 판타지를 '시청자가 보기 원하는 무엇'으로 정의한다면 아무리 현실적인 드라마라도 판타지를 포기하고 갈 수는 없습니다. 미생에서의 판타지는 '사람'이라고 봤습니다. 소중한 사람을 만나 인생이 달라질 수 있다는 판타지를 그리고 싶었습니다. 조금 더 깊이 들어가면, 사람에 대한 희망을 잃지 말고 서로 연대하자는 것입니다. 자기들끼리 경쟁하고 더 나아 보이려고 애쓰기보다는 서로 보듬고 적어도 우리끼리는 좀더 즐겁게 살아보자는 것. '살 만해서'가 아니라 '살아야 하기 때문에' 살아가는 사람들은 모두 그런 면에서 동료이자 동지가 아닐는지요.

Q » 마지막으로 우리의 '장그래'에게 전하고 싶은 말이 있다면 무엇인가요?

A » 실패의 이유를 언제나 자신으로부터 찾고, 남 탓은 절대로 하지 않는 장그래 씨. 그동안 겪은 일을 통해 이미 알고 있겠지만 노파심에 한 말씀 드릴게요. 당신은 실패로부터 무엇인가 꼭 배우지 않아도

좋습니다. 실패를 했다고 꼭 자신을 더 담금질할 필요도 없습니다. 이 세상에는 자신이 납득할 수 없는 실패가 얼마든지 존재하니까요. 곰곰이 생각해보아도 도대체 무엇이 잘못됐는지 모르는 것, 그것은 당신 잘못이 아닙니다. 그러니 스스로를 원망하지 마세요. 물론 세상 탓도 별로 도움이 안 됩니다. 사실 대부분 세상 탓이고, 더 나아가 그런 세상을 물려준 어른들의 탓이긴 하지만요. 그 대신 자신이 할 수 있는 가장 쉬운 일부터 해내보세요. 주변 사람들과 함께 하면 더 좋을 것 같습니다. 실패가 모인다고 성공이 되지는 않지만 아주 작은 성공들이 모이면 제법 큰 성공이 됩니다. 네, 지금 그러고 있다는 것 알고 있습니다. 소중한 사람들과 함께 있지요? 그렇다면 제 마지막 말은… "당신을 응원합니다!!"

∨
서로가 서로에게 **위로가 되는 세상**을 바라며

1.

여의도에서 약속이 있었다고 한다.

시간이 아슬아슬하게 넘어가고 있었다고 한다.

조급한 마음으로 두리번거리고 있는데 어디선가 갑자기 흰 와이셔츠에 넥타이를 맨 남자들이 쏟아져 나오기 시작했다고 한다. 눈 깜짝할 사이에 거리가 이들로 가득 채워졌다고 한다. 기이한 풍경이라는 생각이 든 것과 동시에 그들이 점심을 먹기 위해 나온 직장인들이라는 걸 깨달았다고 한다. 그 풍경이 어떤 자격자들 간의 연대의 일종이라는 생각이 든 순간 외로워졌다고 한다.

길 한가운데 어정쩡하게 서 있는 그에게 쏟아지던 가을 정오의 햇빛은 벼린 칼날 같았다고 한다.

시큰하고 쓸쓸하고 불안했다고 한다.

'나는 여기 있고 저들은 저기 있으니까.'

2.

2012년 겨울.

"타인의 아름다움에서만

위안이 있다. 타인의

음악에서만, 타인의 시에서만,

타인들에게만 구원이 있다.

고독이 아편처럼 달콤하다 해도,

타인들은 지옥이 아니다."

라고 노래하는 시를 만났다.

폴란드 시인 아담 자가예프스키의 시집 제목은 이렇다.

《타인만이 우리를 구원한다》(최성은·이지원 역).

3.

나는 여기 있고 저들은 저기 있다고 생각하는 수많은 장그래를 위해,

서로가 서로에게 위로와 구원이 되는 세상을, 감히, 바라며,

드라마 〈미생〉을 썼다.

감독님과 배우님들 그리고 고생하신 스태프 분들에게 감사드린다.

부족한 부분은 드라마에 전폭적인 지지를 보내주신 시청자 여러분의 사랑으로 완성됐다고 생각한다.

깊이 감사드린다.

∨
다시 **나의 일터**로 돌아갈 힘을 얻었습니다.

컷마다 등장하는 배우들의 눈에 붉은 핏줄이 보일 때마다

진심으로 마음이 울렸다.

역시 카메라 밖에서 붉은 눈을 하고 있었을 수많은 스태프들도 떠올랐다.

이제 다시 내 눈에 붉은 핏발을 세워야 할 때가 되었다.

카메라 앞에 있었던 배우들처럼 당당하게,

카메라 뒤에 서 있던 스태프들처럼 고요하게

내 일을 해야 한다.

모두의 노력에 깊은 감사를 드리며 나는 나의 현장으로 돌아간다.

/ CAST & STAFFS /

임시완 이성민 강소라 강하늘 김대명 변요한 신은정 그리고 이경영
박해준 김종수 류태호 성병숙 남경읍 황석정 태인호 김진수 손종학
정희태 이시원 윤종훈

기획 tvN **제작** ㈜넘버쓰리픽쳐스

극본 정윤정 | **연출** 김원석 | **원작** 윤태호(《미생 : 아직 살아 있지 못한 자》)

기획 최진희 박지영 **제작** 김미나 **책임프로듀서** 이찬호 **프로듀서** 이재문 함승훈
제작프로듀서 이수연 **촬영** 최상묵 장종경 **조명** 유재규 **미술** 이항 **음악** 김준석 박성일
편집 김나영 **동시녹음** 김한성 **촬영**1st 이주영 홍석현
촬영팀 주범규 이철민 김문표 한태숙 공현식 유현진
조명1st 신용태 **조명팀** 여동오 하대영 윤석원 정다운 **발전차** 김관혁 **장비** 방성환
동시녹음팀 김도한 김다빈 **편집보** 황민지 지현정 **D.I.T.** 조희대 김경희 김신희 정해수
세트디자인 Studio Hang 이고은 **미술제작** ㈜아트인 **세트총괄** 김경수 **세트제작** 이용직
미술행정 원영선 **실내장식** 홍창도 김용석 김윤종 박유범 **세트진행** 박광택
소품 ㈜구상스튜디오 나호민 최영미 **소품지원** 김영준 **인테리어** 장진경 **스튜디오** 난든집
분장 JM 박진아 강남희 한정순 **미용** JM 김수진 **의상** 바코드 김보배 조민경
음악작곡 정희정 권원진 신은래 전세진 구본춘 이윤지 **사운드** STUDIO SH
CG 마인드풀 조봉준 김주성 **DI/종합편집** CJ파워캐스트 강상우 이정민 이종은
특수효과 최병진 **무술감독** 박주천 **무술팀** 송원종 선호상 박갑진 김영민 이상민 김승찬
헬리캠 김승호 배서호 **캐스팅** 최길홍 표미희 **포스터** NATIVESTUDIOS 김영기
스틸 김영기 심하림 **메이킹** JR미디어 이무휘 한평 **보조출연** 한강예술 김준영
카메라장비렌탈 프레임 **버스** ㈜유진네트 김성수
진행차량 ㈜건아렌트카 허준 김동현 조은석 **렉카** 하나렉카 **대본** 슈퍼북
요르단 현지프로덕션 Jordan Pioneers

미생 + 드라마 포토 에세이

초판 1쇄 인쇄 2015년 3월 25일 초판 1쇄 발행 2015년 3월 31일

연출 김원석
극본 정윤정
원작 윤태호
제작 CJ E&M
펴낸이 연준혁

출판 7분사 분사장 김은주
편집 최은하
제작 이재승

펴낸곳 (주)위즈덤하우스 출판등록 2000년 5월 23일 제13-1071호
주소 경기도 고양시 일산동구 정발산로 43-20 센트럴프라자 6층
전화 031)936-4000 팩스 031)903-3893 홈페이지 www.wisdomhouse.co.kr
종이 월드페이퍼 인쇄·제본 (주)현문 후가공 이지앤비

ⓒ CJ E&M, 2015

ISBN 978-89-6086-807-6 03810
값 13,800원

* 잘못된 책은 바꿔드립니다.
* 이 책의 전부 또는 일부 내용을 재사용하려면
  반드시 사전에 저작권자와 (주)위즈덤하우스의 동의를 받아야 합니다.

국립중앙도서관 출판예정도서목록(CIP)

미생 드라마 포토 에세이/극본 : 정윤정 ; 연출 : 김원석 ; 원작 : 윤태호 ; 제작 : CJ E&M. -- 고양 : 위즈덤하우스, 2015
p. ; cm
ISBN 978-89-6086-807-6 03810 : ₩13800
수필[隨筆]
814.7-KDC6
895.745-DDC23   CIP2015009059